晁无咎詞

晁補之

姑溪詞

李之儀

溪堂詞

謝逸

四庫全書宋詞別集叢刊 六

商務印書館

晁无咎词

晁補之

欽定四庫全書

晁无咎詞　　集部十　詞曲類　詞集之屬

提要

臣等謹案晁无咎詞六卷宋晁補之撰補之字无咎鉅野人能改齋漫録及復齋雜録咸稱其元豐二年己未登第柳塘詞話謂為元祐進士傳寫誤也元祐初為著作郎紹聖末謫監信州酒税起知泗州入黨籍有雞肋集

別著録是集陳振孫書録解題作一卷但稱晁无咎詞柳塘詞話則稱其詞集亦名雞肋又稱補之嘗自銘其墓名逃禪詞考楊補之名无咎其詞集名曰逃禪不應名字相同集名亦復蹈襲或誤合二人為一歟此本為毛晉所刋題曰琴趣外篇其跋稱詩餘不入集中故名外篇又分為六卷與書録解題皆不合未詳其故卷末洞山歌一首為補之大觀

四年之絶筆則舊本不載晉撫黄昇花庵詞選補録於後者也補之為蘇門四學士之一集中如洞仙歌第二首塡盧仝詩之類未免效蘇軾檃括歸去來詞之舉然其詞神姿高秀與軾實可肩隨陳振孫於山谷詞下載補之之言曰魯直間作小詞固高妙然不是當家語自是著腔子唱好詩又於淮海詞下記補之之言曰少游詞如斜陽外寒鴉數點流

水繞孤村雖不識字人亦知是天生好言語觀所品題悉有神解知補之於此事特深不但詩文之擅長矣刊本多訛今隨文校正其引駕行一首證以柳永樂章集及集內春雲輕鎖一首實佚其後半無從考補今亦仍之至琴趣外篇宋人中如歐陽修黃庭堅晁端禮葉夢得四家詞皆有此名併補之此集而五殊為淆混今從文獻通考仍題曰晁无咎

詞應有別焉乾隆四十九年十月恭校上

總纂官臣紀昀臣陸錫熊臣孫士毅

總校官臣陸費墀

欽定四庫全書

晁无咎詞
提要

欽定四庫全書

晁无咎辭卷一

宋 晁補之 撰

水龍吟 別吳興至松江作

水晶宮繞千家下山倒影雙溪裏白蘋洲渚詩成春晚當年此地行遍瑤臺弄英攜手月嬋娟際算多情小杜風流未覩空腸斷枝間子 一似君恩賜與賀家湖千峰凝翠黃粱未熟紅旌已遠南柯舊事常恐重來夜闌

相對也疑非是向松陵回首平蕪盡處在青山外

八聲甘州 揚州次韻和東坡錢塘作

謂東坡未老賦歸來天未遣公歸向西湖兩處秋波一種飛露澄輝又擁竹西歌吹僧老木蘭非一笑千秋事浮世危機　應倚平山欄檻是醉翁飲處江雨霏霏送孤鴻相接今古眼中稀念平生相從江海任飄蓬不遣此心違登臨事更何須惜吹帽淋衣

又 慜下立春

謂東風定是海東來海上最春先乍微陽破臘梅心已
省柳意都還雪後南山聳翠平野欲生烟記得相逢日
如上林邊　莫歎春光易老算今年春老還有明年歎
人生難得常好是朱顏有隨軒金釵十二為醉嬌一曲
踏珠筵功名事算何如此花下尊前

滿庭芳　赴信日毋中引次膺十二叔

鷗起蘋中魚驚荷庭畫船天上來時翠灣紅渚宛似武
陵迷更晚青山更好孤雲帶遠雨絲垂清歌裏金尊未

掩誰使動分攜　竹林高晉阮阿咸蕭散猶愧風期便棄官終隱釣叟苔磯縱是冥鴻雲外應念我垂翼低飛新詞好他年認取天際片帆歸

鳳凰臺上憶吹簫　自金鄉至濟之羊山迎次膺

千里相思況無百里何妨暮往朝還又正是梅初淡泞禽未綿蠻陌上相逢緩轡風細細雲日斑斑新晴好得得未妨行盡青山　應攜後房小妓來為我盈盈對舞花間便拚了松醪翠滿蜜炬紅殘誰信輕鞍射虎清世

裏曾有人閒都休說簫外夂春寒

又

才短官慵命奇人棄年年故里來還記往歲蓮塘送我遠赴荆蠻莫道風情似舊青鏡裏綠鬢新斑佳人怪把盞爲我微斂眉山　從來嗣宗高韻獨見賞青雲夐絶塵間謾回首平生醉語一夢驚殘莫笑移花種柳應備辦投老同閒從枯槁松檜耐霜寒

摸魚兒　東皋寓居

買陂塘旋栽楊柳依稀淮岸江浦東臯雨足新痕漲沙
觜鷺來鷗聚堪愛處最好是一川夜月光流渚無人獨
舞任翠幄張天錦茵藉地酒盡未能去　青綾被莫憶
金閨故步儒冠曾把身誤弓刀千騎成何事荒了邵平
瓜圃君試覷滿青鏡星星鬢影今如許功名浪語便似
得班超封侯萬里歸計恐遲暮

永遇樂

松菊堂深芰荷池小長夏清署燕引雛還鳩呼婦往人

静郊原樹麥天已過薄衣輕扇試起繞園徐步聽衡宇
欣欣童稚共説夜來初雨　蒼管徑裏紫葳枝上數點
幽花垂露東里催鋤西隣助餉相戒清晨去斜川歸興
翛然滿目回首帝鄉何處只愁恐輕鞭犯夜霸陵舊路

過澗歇

歸去奈故人尚作青眼相期未許明時歸去放懷處買
得東皋數畝静愛園林趣任過客剥啄相呼畫扃户
堪笑兒童事業華顛向誰語草堂人悄圓荷過微雨都

付邯鄲一枕清風好夢初覺砌下槐影方停午

黃鶯兒

南園佳致偏宜暑兩兩三三脩竹新筍初齊猗猗過簷侵户聽亂颭芰荷風細灑梧桐雨舞餘簾影參差遠林蟬聲幽夢殘處　凝竚既往盡成空暫遇何曾住算人間事豈足追思依依夢中情緒觀數點茗浮花一縷香縈炷怪來人道陶潛做得羲皇侶

消息　自度腔即越調

永遇樂端午

紅日葵花暎牆遮牖小齋端坐盂展荷金簪抽笋玉幽事還堪數綠窗纖手朱奩輕縷爭鬭綵絲艾虎想沈江怨魄歸來空惆悵對菰黍　朱顏老去清風好在未減佳辰歡趣蠟酒深斟菖蒲細糝團坐從兒女　還同子美江村長夏閒對燕飛鷗舞算何須楚王雄風方消畏暑

梁州令疊韻

田野閒來慣睡起初驚曉燕樵青走挂小簾鈎南園昨夜細雨紅芳遍　平蕪一帶烟花淺過盡南歸雁俱遠

凭闌送目空腸斷　好景難常占過眼韶華如箭莫教
鶗鴂送韶華多情楊柳爲把長條絆　清樽滿酌誰爲
伴下捉壺勸何妨醉卧花底愁容不上春風面

酒泉子

萱草戎葵松菊堂深猶畏暑晚雲催雨露簾櫳滿樓風
池蓮翻倒小蓮紅看掃鑑天清似水一輪明月却當
空畫欄中

歸田樂

春又去似别佳人幽恨積間庭院翠陰滿添晝寂一枝梅最好至今憶　正夢斷爐烟裊參差疎簾隔為何事年年春恨問花應會得

訴衷情　送春

東城南陌路岐斜芳草遍藏遮黃鸝自是來晚莫恨海棠花　驚雪絮滿天涯送春賒問春莫是憶著東君自去還家

金鳳鈎　送春

春辭我向何處怪草草夜來風雨一簪華髮少歡饒眼

無計殢春且住　春回恨尋無路試向我小園徐步一

欄紅藥倚風寒露春自未曾歸去

又

雪晴閒步花畔試屈指早春將半櫻桃枝上最先到却

恨小梅芳淺　忽驚拂水雙來燕暗自憶故人猶遠一

分風雨占春愁一來又對花腸斷

生查子　夏日即事

永日向人妍百合忘憂草午枕夢初迴遶柳蟬聲杳 蘚井出冰泉洗瀹煩襟了却挂小簾鈎一縷爐烟裊

行香子

前歲栽桃今歲成蹊更黃鸝久住相知微行清露細履斜暉對林中侶閒中我醉中誰 何妨到老常閒常醉任功名生事俱非朱顏難強掘語多遲但酒同行月同坐影同歸

訴衷情近

小園過午便覺涼生翠柏戎葵間出牆紅萱草靜依徑
綠還是去年浮瓜沉李追涼故繞池邊竹 小簟促忽
憶楊梅正熟下山南畔畫舸笙歌逐愁凝目使君彩筆
佳人錦字斷絃怎續盡日闌干曲

木蘭花 遐觀樓

小樓新粧堪臨遠一帶寒山都入眼人間應未覺春歸
樓上已先變柳眼 風威自與微陽戰雪意不知殘蠟
換少須文棟燕雙回來看東城花一片

行香子

歸鳥翩翩樓上黄昏黯天地殘照餘痕曲闌干裏有個愁人向不言中千載事一年春　春來似客春去如雲付樓前行路雙輪傾江變酒舉斛為樽斷浮生外愁千丈不關身

阮郎歸

小樓獨上暮鐘時紅霞樓外飛烟中遠鳥一雙歸城門燈火微　横短吹傍危梯冰輪湧海遲天涯幽恨有誰

知涼風時動衣

引駕行

梅梢瓊綻東君次第開桃李痛年年好風景無事對花垂淚 園裏舊賞處幽葩柔條一一動芳意恨心事春來間阻憶年時把羅袂雅戲

晁无咎詞卷一

欽定四庫全書

晁无咎詞卷二

宋 晁補之 撰

洞僊歌 留春

花恨月惱更夏有涼風雪冬軒皎閒事不關心算四時皆好從來又説春臺登覽人意多同常是惜春過了須痛飲莫放歡情草草　年少尚憶瑤階得雋尋芳驂驔東坡適見垂鞭酕醄南陌又逢低帽鶯花蕩眼功名滿

意無限嬉游榮華事如夢杳傷富貴浮雲曽縈懐抱爲春醉倒顧花更好春休老問口笑占醉鄉莫教人到

又 填盧仝詩

當時我醉美人顔色如花堪悦今日美人去恨天涯離别青樓朱箔嬋娟蟾桂三五初圓傷二八還又缺空竚立一望不見心絶心絶頓成淒凉千里音塵一夢歡娱推枕驚巫山遠洒淚對湘江濶美人不見愁人看花心亂舍愁奏緑綺絃清切何處有知音此恨難説怨歌

未闌恐暮雨收行雲歇窓梅發乍似靚芳容冰潔

水龍吟 次韻林聖予惜春

問春何苦匆匆帶風伴雨如馳驟幽葩細萼小園低檻壅培未就吹盡繁紅占春長久不如垂柳算春常不老人愁春老愁只是人間有　春恨十常八九忍輕辜芳醪經口那知自是桃花結子不因春瘦世上功名老來風味春歸時候縱樽前痛飲狂歌似舊情難依舊

洞僊歌 温園賞海棠

羣芳老盡海棠花時候雨過寒輕好清晝最妖饒一段全是初開雲鬟小塗粉施朱未就全開還自好駘蕩春餘百樣宫羅鬭繁繡縱無語也心應恨我來遲恰柳絮將春歸後醉猶倚柔柯怯黄昏這一點愁須共花同瘦

又 梅

年年青眼為江梅腸斷一句新詩思無限向碧瓊枝上白玉葩中春猶淺一點龍香清遠　誰拋傾國艷昨夜

前村都恐東皇未曾見正倚牆紅杏芳意濃時驚千片何許飄零仙館待冰雪叢中看奇姿乍一笑能回上林冬暖

行香子 梅

雪裏清香月下疎枝更無花比竝瓊姿一年一見千繞千回向未開時愁花放恐花飛 芳樽移就幽葩折取似玉人携手同歸揚州應記東閣逢時恨劉郎誤題詩句怨桃蹊

鹽角兒 亳社觀梅

開時似雪謝時似雪花中奇絶香非在蘂香非在萼骨中香徹　占風流溪月堪羞損山桃如血直饒更疎疎淡淡終有一般情别

清平樂 對晚菊作

黄花過也月酒何曾把寒蝶多情愛瀟灑晴日雙雙飛下沈吟獨倚朱闌采芳貽向誰邊枕上醉排金醽幽香一段堪憐

江城子 亳社觀梅呈范守秦令

去年初見早梅芳，一春忙，短紅牆，馬上不禁花惱只顛狂。蘇晉長齋猶好事，時還我，舉離觴。 今年春事更茫茫，淺宮妝，斷人腸，一點多情天賜骨中香。賴有飛凫賢令尹，同我過，小橫塘。

望海潮 揚州芍藥會作

人間花老，天涯春去，揚州別是風光。紅藥萬株，佳名千種，天然浩態狂香。尊貴御衣黄，未便教西洛，獨占花王。

困倚東風漢宮誰敢鬬新粧　年年高會江陽看家誇絶艷人詫異芳結蕊當屏睒葩就幄紅遮緑繞華堂花面映交相更秉蘭觀清幽意難忘罷酒風亭夢魂驚恐在仙鄉

夜合花　和李浩季良牡丹

百紫千紅占春多少共推絶世花王西都萬家俱好不為姚黄漫腸斷巫陽對沉香亭北新粧記清平調辭成進了一夢仙鄉　天葩秀出無雙倚朝暉半如酣酒成

狂無言自有檀心一點偷芳念往事情傷又新艷曾説滁陽縱歸來晚君王殿後别是風光

下水船 和季良瓊花

百紫千紅翠唯有瓊花特異便是當年唐昌觀中玉蘂尚記得月裏仙人來賞明日喧傳都市　甚時又分與揚州本一朶冰姿難比曾向無雙亭下半酣獨倚似夢覺曉出瑶臺十里猶憶飛瓊標致

浣溪沙 櫻桃

雨過園亭綠暗時櫻桃紅顆壓枝低緑蕉紅好眼中迷
荔子天教生處遠風流一種阿誰知最紅深處有黄
鸝

萬年歡

心憶春歸似佳人未來香徑無迹雪裏江梅因甚早知
消息百卉芳心正寂夜不寐幽姿脈脈圖清曉先作宫
粧似防人見偷得　真香媚情動皚算當時壽陽無此
標格應寄揚州何郎舊曾相識花似何郎鬢白恐花笑

逢花羞摘那堪羌笛驚心也隨繁杏拋擲

感皇恩 海棠

常歲海棠時偷間須到多病尋芳懶春老偶來恰值半謝妖嬈猶好便呼詩酒伴同傾倒 繁枝高蔭疎枝低繞花底盃盤花影照多情一片恨我歸來不早斷腸鋪碎錦門前道

洞仙歌 菊

今春閏好怪重陽菊早滿檻煌煌看露曉喚金錢翠羽

不稱標容瀟洒意陶令詩中能道 不應誇絶艷曾妒
春華因甚東君意不到又似鑠三千漢女偏教明妃怨
西風邊草也何妨牛山苦沾衣算只好龍山醉狂吹帽

喜朝天 泰定海棠作

衆芳殘海棠正輕盈綠鬢朱顏碎錦繁繡更柔柯映碧
纖搦匀殷誰與將紅間白采畫籠仙衣覆斑爛如有意
濃粧淡抹斜倚闌干 妖嬈向晚春後慣困欹晴景愁
怕朝寒縱有狂雨便離披滴損不奈幽閒素奈來禽總俗

謾遮映終羞格疎頑誰來顧斜風教舞月下庭間

生查子 梅

青帝晚來風偏傍梅梢緊未放玉肌開已覺龍香噴
此意比佳人爭柰非朱粉惟有許飛瓊風味依稀近

少年遊 次季良韻

廬山瑤草四時春烟鏁上宫門記得南遊偶尋飛澗一
洗庾公塵　香爐高詠君家事文彩近前人他日騎鯨
尚憐迷路與問衆仙真

又

如今田野謾拋春紅雨掩衡門更懶讀書尺伸扶杖几案任生塵 從教便向東山老誰知是個中人莫怪年來倦尋城市𢡖我性情真

滿江紅 次韻弔汶陽李誠之待制

華髮春風長歌罷傷今感昨春正好瑶墀已歎侍臣宴漢牙帳塵昏餘劍戟翠帷月冷虛絃索記往來壞坂誤曾登今飄泊 賢人命從來薄流水意知誰託繞南枝

身似未眠飛鶻射虎山邊尋舊迹騎鯨海上追前約便江湖與世永相忘還堪樂

離亭宴 次韻弔豫章黄魯直

丹府黄香堪笑章臺墜鞭年少細雨春風花落處醉裏中人傳詔却上五湖船悲歌楚狂同調　青草荆江波渺香爐紫霄簮小人去江山長依舊幼婦空傳辭妙灑淚作招魂楓林子規啼曉

千秋歲 次韻弔高郵秦少游

江頭苑外常記同朝退飛騎軋鳴珂碎齊謳雲繞扇趙舞風迴帶嚴鼓斷杯盤錯草猶相對　灑涕誰能會醉卧藤陰蓋人已去詞空在兎園高宴悄虎觀英游改重感慨驚濤自卷珠沉海

迷神引　貶玉溪對江山作

黯黯青山紅日暮浩浩大江東注餘霞散綺回向烟波路使人愁長安遠在何處幾點漁燈小迷近塢一片客帆低傍前浦　暗想平生自悔儒冠誤覺阮途窮歸心

阻斷魂縈目一千里傷平楚怪竹枝歌聲聲怨為誰苦猿鳥一時啼雨

滿江紅 赴玉山之謫與諸友泛舟大澤分題為别

莫話南征船頭轉三千餘里未歎此浮生飄蕩但傷佳會滿眼青山芳草外半篙碧水斜陽裏問此中何處芰荷深漁人指 清時事覊遊意盡付與狂歌醉有多才南阮自為知已不似朱公江海去未成陶令田園計便楚鄉風景勝吾鄉何人對

晁无咎詞卷二

欽定四庫全書

晁无咎詞卷三

宋 晁補之 撰

古陽關 寄無斁八弟宰寶應

草草蛩吟幽暗柳螢飛滅空庭雨過西風緊飄黄葉卷書帷寂静對此傷離别重感歎中秋數日又圓月 沙觜檣竿上淮水濶有飛凫詞客玉氣氷雪且莫教晧月照影驚華髪問幾時清樽夜景共佳節

玉蝴蝶

暗憶少年豪氣爛遊南國蓬島風光醉倚吳王宫殿不解悲涼舞猶慵小腰似柳歌尚怯嬌語如簧好林塘玳筵留住彩舫攜將　清狂揚州一夢中山千日名利都忘細數從前眼中歡事盡成傷去船迷亂花流水遺佩悄寒草空江黯愁腸暮雲吟斷青鬢成霜

安公子送進道四弟赴官無為

柳老荷花盡夜來霜落平沙淨征鴈横天鷗舞亂魚游

清鏡又還是當年我向江南興移畫船深渚蒹葭暎對半篙碧水滿眼青山魂凝 一番傷華鬢放歌狂飲猶堪逞水驛孤帆明夜月此歡重省夢回處詩塘春草愁難整宦情與歸思終朝競記他年相訪認取斜川三逕

惜分飛 別吳興作

山水光中元無暑是我消魂別處只有多情雨會人深意留人住 不見梅花來已暮未見荷花又去圖畫他年覷斷腸千古苕溪路

又 代別

消暑樓前霅溪匝畫柱水晶宮裏人共荷花麗更無一點塵埃氣 不會使君匆匆至又作匆匆去計誰解連紅袂大家都把蘭舟繫

離亭宴 憶吳興寄金陵懐古聲中

憶向吳興假守霅溪四壁高柳儀鳳橋邊蘭舟過暎水雕囊華幨燭下小紅粧爭看使君歸後 携手松亭難又題詩水軒依舊多少緑荷相倚恨背立西風回首遥

望採蓮人烟水萬重吳岫

滿庭芳 憶廬山

欲買廬山山前三畝小橋橫過松間變名吳市誰認舊容顔最好棲賢峽外應自此都悵塵寰人稀到壺中化國光景更堪閒　無心求至道柴門閉了飽睡甘餐辛苦兒孫長為掃家山若問他年歸去驀地也隻槳來還愁難捨清風萬壑高處正躋攀

又 次韻答季良

聞說秋來乘槎心懶夢回三島波間便思黄帽同我老山顔上界仙人官府何似我蕭散塵寰雲無止流泉自急此意本來閒寂寥松桂團陪君好語亦可忘飱況瓊瑶玉蘂秀滿春山若問幽棲何意莫道是飛鳥知還無言處登登半嶺高韻更難攀

又　用東坡韻題自畫蓮社圖

歸去來兮名山何處夢中廬阜嵯峨二林深處幽士往來多自畫遠公蓮社教兒誦李白長歌如重到丹崖翠

户瓊草秀金坡　生綃雙幅上諸賢巾履分彩天梭社中客禪心古井無波我似淵明逃社怡顔盻百尺庭柯牛閒放奚童任懶吾已廢鞭蓑

尾犯 廬山一名碧芙蓉

廬山小隱漸年來疎懶浸濃歸興彩橋飛過深溪池底奔雷餘韻香爐照日望處與青霄近想羣仙呼我應還怪曉來鬢絲垂鏡　海上雲車回軔少姑傳金母信森翠裾瓊佩碧日初霞紛紜相暎誰見湖中景花洞裏杳

然魚艇別是個蕭洒乾坤世情塵土休問

尉遲杯 塞杜作

惜花

去年時正愁絶過却紅杏飛沉吟杏子青時追悔自好花枝今年又春到傍小闌日日數期花有信奈人却無憑故教芳意遲遲　及至待得融怡未攀條拈蘂又歎春歸怎得春如天不老更教花與月相隨都將命拚與酬花似峴山落日客猶迷儘歸路拍手攔街笑人沉醉如泥

八六子 重九即事呈徐倅祖禹十六叔

喜秋晴淡雲縈縷天高羣雁南征正露冷初減蘭紅風緊潛雕柳翠愁人漏長夢驚　重陽景物淒清漸老何時無事當歌好在多情暗自想朱顔並遊同醉官名韁鏁世路蓬萍難相見賴有黄花滿把從教緑酒深傾醉休醒醒來舊愁旋生

臨江仙 呈祖禹十六叔

盡說彭門新半刺昆吾劃玉如泥功名餘事不須為才

情詩裏見風味酒邊知　好在阿咸同老也青雲往歲心期千鍾百首興來時伯倫從婦勸元亮信兒癡

又

十歲兒曹同硯席華裾織翠如葱一生心事醉吟中相逢俱白首無語對西風　莫道尊前情調減衰顏得酒能紅可憐此會意無窮夜闌人摠睡獨遶菊花叢

驀山溪　譙園飲酒為守令作

譙園幽古烟鏁前朝檜搖落棗紅時滿園空幾株蒼翠

使君才譽金殿握蘭人將風調改荒凉便是嬉遊地
劉郎莫問去後桃花事司馬更堪憐掩金觴琵琶催淚
愁來不醉不醉奈愁何汝南周東陽沈勸我如何醉

又

金樽玉酒佳味名仙檜恐是九龍泉堪一飲霜毛却翠
何須說此只但飲陶陶燈光底百花春自是仙家地
星郎早貴慣見風流事留我不須歸倒樽空燭堆紅淚
飛鳧令尹才調更翩翩休弔古枉傷神有興來同醉

又 亳社寄文潛舍人

蘭臺仙史好在多情否不寄一行書過西風飛鴻去後功名心事千載與君同只狂飲只狂吟緑鬢殊非舊山歌村館愁醉潯陽叟且借兩州春看一曲樽前舞袖古来畢竟何處是功名不同醉不同吟也勸時開口

又 和王定國朝散憶廣陵

揚州全盛往事今何處帆錦兩明珠罥薔薇月中嬉語朱衣白面公子似神仙登雲嶼臨烟渚狂醉成懷古

蘭舟歸後誰與春爲主吟嘯我重來倚瓊花東風日暮吳霜點鬢流落共天涯竹西路高陽侶䰟夢應相遇

憶秦娥 和留守趙無媿送別

宰人意高堂照碧臨烟水清秋至東山時伴謝公携妓黄菊雖殘堪泛蟻乍寒猶有重陽味應相記坐中少個孟嘗狂醉

好事近 南都寄歷下人

絲管鬧南湖湖上醉遊時晚獨看小橋官柳淚無言偷濳

坐中誰唱解愁詞紅妝勸金盞物是奈人非是負東風心眼

阮郎歸 同十二叔泛濟州環溪

西城北渚舊追隨荒臺今是非白蘋無主綠蒲迷停舟憶舊時　雙鴨戲亂鷗飛人家烟雨西不成攜手折芳菲蘭橈惆悵歸

又

一濠秋水靜漣漪紅粧照水嬉攀條尋藕怯船移浮萍

混繡衣 臨好景惜輕歸夕陽洲渚迷城門燈火簇輪

蹄沙鷗飛去時

又

兒童嬉戲杏花堤春歸不解悲重來草露濕人衣無花

空繞枝 曾學道久忘機一尊甘若飴平生魚鳥與同

歸臨風心自知

宴桃源

往歲真源謫去紅淚揚州留住飲罷一帆東去入楚江

寒雨無緒無緒今夜秦淮泊處

一叢花 謝濟倅宗室令郯送酒

王孫眉宇鳳皇雛天與世情踈揚州坐上瓊花底佩錦囊曾憶奚奴金盞醉揮滿身花影紅袖競來扶　十年一夢訪林居離袂重踟躕應憐肺病臨邛客寄洞庭春色雙壺天氣未佳梅花正好曽醉燕堂無

又 十二叔節推以元咎生日于此聲中為辭依韻和答

碧山無意解銀魚花底且携壺華顛又喜熊羆旦笑騏

驥老反為駒文史漸抛功名更懶隨處見真如　高情敢並漢庭疏長揖去田廬囊無上賜金堪散也未妨山獵溪魚薦頗縱强莫隨年少白馬向黃榆

又　再呈十二叔

飛鳧仙令氣如虹脫屣向塵籠凌烟畫象雲臺議似眼前百草春風蓋裏聖賢壺中天地高興更誰同　應懷得隽大明宮無事老馮公玉山且向花間倒任笑從老入花叢三徑步餘一枝眠穩心事付千鍾

晁无咎詞卷三

欽定四庫全書

晁无咎詞卷四

宋 晁補之 撰

臨江仙 用韻和韓求仁南都留别

曾唱牡丹留客飲明年何處相逢忽驚鵲起落梧桐綠荷多少恨回首背西風 莫歎今宵身是客一樽未曉猶同此身應似去來鴻江湖春水濶歸夢故園中

又 同前

常記河陽花縣裏恰如飯顆山逢春城何處滿絲桐綸巾并羽扇君有古人風　重向梁王臺畔見黄花緑酒誰同新詩別後寄南鴻回頭思照碧人在白雲中

浣溪沙 廣陵被召留別

帳飲都門春浪驚東飛身與白鷗輕淮山一點眼初明　誰使夢回蘭芷國却將春去鳳凰城檣烏風轉不勝情

憶少年 別歷下

無窮官柳無情畫舸無根行客南山尚相送只高城人隔　罨畫園林溪紺碧算重來盡成陳迹劉郎鬢如此況桃花顏色

江城子　廣陵送王左丞赴闕

舊山鉛槧倦棲遲叩宸闈向淮圻五馬行春初喜後車隨太守風流同客醉花壓帽酒淋衣　隋宮烟外草萋萋菊花時動旌旗起舞留公且住慰相思王粲詩成何處寄人北去雁南飛

虞美人 廣陵留别

江南載酒平生事。游宦如萍寄。蓬山歸路傍銀台。還是揚州一夢却驚回。　年年后土春來早。不負金樽倒。明年珠履賞春時。應寄瓊花一朶慰相思。

金盞倒垂蓮 依韻和次膺寄楊仲謀觀察

諸阮英遊，盡千鍾飲量，百丈詞源。對舞春風，螺髻小雙蓮。念兩處登高臨遠，又傷芳物新年。此淚不待桓伊危柱哀絃。　自聞未應無事，趁栽梅徑裏，插柳池邊。野鶴

飄飖幽興在青田也莫話書生豪氣更銘功業燕然便畢竟得意何如月下花前

又 次韻寄霸帥楊重謀安撫

休說將軍解彎弓掠地崑嶺河源綵筆題詩綠水映紅蓮算揔是風流餘事會須行樂華年只有一部隨軒脆管繁絃　多情舊遊尚憶寄秋風萬里鴻雁天邊未學元龍豪氣笑求田也莫為庭槐興嘆便傷搖落凄然後會一笑猶堪醉倒花前

西平樂 廣陵送王資政王仲赴闕

鳳詔傳來絳闕當宁思賢輔淮海甘棠惠化霖雨商巖吉夢熊虎周郊舊卜千秋盛際催促朝天歸去動離緒空眷恋難暫駐新植雙亭臨水風月佳名未覩準擬金樽時舉況樂府風流一部妍歌妙舞縈雲迴雪親教與恨難訴爭欲攀轅借住功成繡衮重與江山作主

御街行 待命護國院不得入國門寄内

年年不放春閒了今歲銜盃少來時柳上淺金黄歸路

玉綿吹帽惜春長似五陵狂俊不道朱顔老　斜烟薄雨青林杳猶有鶯聲到西園紅豔緑盤龍辜負一年春好景城樂事不關愁眼何似還家早

生查子 舊

宮裏妒娥眉十載辭君去翠袖怯天寒修竹無人處今日近君家望極香車騖一水是紅牆有恨無由語

青玉案

十年不向東門道信匹馬羞重到玉府驂鸞猶年少宮

浣花頭玉壚烟底常日朝回霞觴翻手羣仙笑眼塵
土人間易春老白髮愁占彤庭香紅牆天阻碧濠烟鎖
細雨迷芳草

水龍吟 始去齊路逢次膺叔感别叙舊

去年暑雨鈎盤夜闌睡起同征轡今年芳草齊河古岸
扁舟同艤萍梗孤蹤夢魂浮世别離常是念當時綠鬢
狂歌痛飲今憔悴東風裏此去濟南為說道愁腸不
醒猶醉多情北渚雨行烟柳一湖春水還唱新聲後人

重到應悲桃李待歸時攬取庭前皓月也應堪寄

南歌子 燕園作

霜細猶欺柳風柔已弄梅東園搥鼓賞新醅喚取舞裙歌扇探春回　妙舞堪千盞長歌可百盃笑人將恨上春臺勸我十分一舉兩眉開

醉落魄 用韻和李季良泊山口

高鴻遠鷺溪山一帶人烟簇知君船近漁磯宿輕素橫溪天淡垂寒玉　誰家紅袖闌干曲南陵風軟波平綠

幽吟無伴芳樽獨清瘦休文一夜傷單縠

萬年歡 次韻和李良

惜昔論心盡青雲少年燕趙豪俊二十南游曾上會稽千仞振袂江中往歲有騷人蘭蓀遺韻嗟管鮑當日貧交半成翻手難信　君如未遇元禮肯抽身盛時尋我幽隱此事談何容易驥才方騁綵舫紅粧圍定笑西風黄花斑鬢君欲問投老生涯醉鄉岐路偏近

臨江僊 信州作

謫官江城無屋買殘僧野寺相依松間藥舊竹間衣水窮行到處雲起坐看時　一箇幽禽緣底事苦來醉耳邊啼月斜西院愈聲悲青山無恨好猶道不如歸

虞美人　羊山餞杜侍郎郡君十二姑及外弟天達

原桑飛盡霜空杳霜夜愁難曉油燈野店怯黄昏窮途不減酒杯深故人心　羊山故道行人少也送行人老一般别語重千金明年過我小園林話如今

安公子　次次膺叔

少日狂遊好閬苑花間同低帽不恨千金輕盡恨散花殘盡老命小礬翩翩隨處金樽倒從市人拍手攔街笑鎮瓊樓歸臥麗日三竿未覺　迷路桃園了亂山沉水何遊到撥斷朱絃成底事痛知音人悄似近日曾教青鳥傳佳耗學鳳簫擬入烟籠道問劉郎何計解使紅顔却少

緑頭鴨　韓師朴相公會上觀佳妓輕盈彈琵琶

新秋晉公别館開筵喜時衔盃樂聖未饒緑野堂清

邊繡屏深麗人乍出坐中雷雨起鵾絃花暖絃關冰凝幽咽寶釵搖動墜金鈿未彈了昭君遺怨四坐已淒然西風裏香街駐馬嬉笑微傳　算從來司空見慣斷腸初對雲鬟夜將闌井梧下葉砌蛩収響悄林蟬頼得多愁潯陽司馬當時不在綺筵前競賞檀槽倚困沉沉醉倒觥船春調紅英翠蕚重變新妍

水龍吟　寄留守無愧文

滿湖高柳搖風坐看驟雨來湖面跳珠濺玉圓荷翻倒

輕鷗驚散堂上凉生檻前暑退羅裾凌亂想東山謝守綸巾羽扇高歌下青天半　應記狂吟司馬去年時黄花高宴竹枝苦怨琵琶多淚新年鬢换常恐歸時眼中物是日邊人遠望隋河一帶傷心霧靄遺離魂斷

惜奴嬌

歌闋瓊筵暗失金貂似説衷腸丁寧囑付棹舉帆開黯行色秋將暮欲去待却回高城已暮　漁火烟村但觸目傷離緒此情向阿誰分訴那裏思量争知我思量苦

最苦睡不着西風夜雨

臨江仙

身外閒愁空滿眼就中歡事常稀明年應赴送君詩試從今夜數相會幾多時　淺酒欲邀誰共勸深情惟有君知東溪春近好同歸柳垂江上影梅謝雪中枝

又

自古齊山重九勝登臨夢想依依偶來恰值菊花時難逢開口笑須插滿頭歸　昨夜一江風色好平明秋浦

帆飛可憐如赴使君期且當酬令節不用歎斜暉

滿庭芳

鄉物牽情家山回首浩浩然歸興難収報恩心事投老判悠悠却笑當年牛下輕自許激烈寒謳成何事吏猶桂楫蘭芷詠芳洲　人生萍梗迹誰非樂土何處吾州算不須臨岐懭悢遲畱要看香爐瀑布丹楓亂江色凝秋真堪與瀟湘暮雨圖上畫扁舟

定風波

跨鶴揚州一夢回春風拂面上平臺閬苑花前狂覆酒拍手東風騎鳳却教來　讁好伯陽丹井畔官滿平臺還見片帆開上界雖然官府好摠道散仙無事好追陪

千秋歲

玉京仙侶同受琅函結風雨隔塵埃絶霞觴翻手破閬苑花前别鵬翼斂人間泛梗無由歇　豈憶山中酒還共溪邊月愁悶火時間滅何妨心似水莫遣頭如雪春近也江南雁識歸時節

又

葉舟容易行盡江南地南雁斷書至憐君羈旅處見我飄蓬際如夢寐當年閬苑曾相對　休說深心事但付狂歌醉那更話孤帆起水精溪遠户雲母山相砌君莫去只堪伴我溪山裏

鷓鴣天

欲上南湖綵舫嬉還思北渚與嵐漪圓荷蓋水垂楊岸鸂鶒鴛鴦摠下時　持此意遣誰知清波還照鬢間絲

西樓重唱池塘好應有紅粧斂翠眉

清平樂

炎天晨景午漏那堪永何苦相仍愁簿領短壁清溪牽興　瑤臺月下曾逢何由却覩冰容一笑為驅煩暑故人元是清風

晁无咎詞卷四

欽定四庫全書

晁无咎詞卷五

宋 晁補之 撰

虞美人 用韻答秦令

荒城又見重陽到狂醉還吹帽人生開口笑難逢何況良辰一半別離中 平臺珠履登高處猶自懷人否且簪黃菊滿頭歸惟有此花風韻似年時

浣溪沙

江上秋風忽怒號江聲不斷雁嗷嗷別魂迢遞為君銷一夜不眠孤客耳耳邊愁聽兩蕭蕭碧紗窗外有芭蕉

萬年枝 寄韻次膺叔

十里環溪記當年並遊依舊風景綵舫船䌌重泛九秋清鏡莫歎歡臺蔓草喜相逢歡情猶勝蘋洲畔橫玉驚鸞半天雲正愁凝　中秋醉魂未醒又佳辰授衣良會堪更參歲功名豪氣尚凌汝頡能致黃金一井也莫負

鵁夷高興别有箇瀟洒田園醉鄉天地同永

一叢花

東君密意在花心飛雪戲𣗳林多情定怪春來晚放奇花千點深深烟柳上輕風絲漫梟樓閣晚還陰　雕梁雙燕悄來音簾幕鎮沉沉西城未有花堪採醉狂興泠落難禁應約萬紅商量細細留未尋

減字木蘭花　和求仁南郡都别

萍蓬行路來不多時還遣去會有重來還把清樽此地

開　隋河楊柳見我五年三執手紅淚多情待得重來
走馬迎

菩薩鬘

玉京不許塵容到踈慵只合踈慵老鷗鳥共烟波田夫
與醉歌　忘懷無物我莫似陳驚坐勲業付長閑西山
爽氣間

鷓鴣天　杜四侍郎郡君十二姑生日

吉夢靈虵朱夏宜佳辰阿母會瑤池竹風荷雨來消暑

玉李冰瓜可療飢　心悟了道成時不勞龍女騁威儀

僧祇世界供遊戲賢懿光陰比壽期

鳳簫吟 永嘉郡君生日

曉曈曨風和雨細南園次第春融嶺梅猶妒雪露桃雲

杏已綻碧呈紅一年春正好助人狂飛燕遊蜂更吉夢

良辰對花忍負金鍾　香濃博山沉水小樓清旦佳氣

葱葱舊遊應未改武陵花似錦笑語相逢藥宫傳妙訣

小金丹同換冰容況共有芝田舊約歸去雙峰

涼州令

二月春猶淺去年櫻桃開遍今年春色怪遲遲紅梅常早未露臙脂面　東君遣春來緩似會人深願蟠桃新鏤雙盞相期似此春長遠

引駕行 亦名長春

春雲輕鎖春風乍扇園林曉掃華堂正桃李芳時誕辰還到年少記絳蠟光揺金猊香郁寶糚了驄駿馬天街向晚喜同車詠窈窕　多少盧家壼範杜曲家聲榮耀

慶孟光齊眉馮唐白首鎮同歡笑縹緲待琅函深討芝田高隱去偕老自別有壺中永日比人間好

菩薩蠻

百花含藴東風裏南園小雨朱扉啟春色一年年年年花共妍　清談招隱去莫認如賓處華髪好風光林間此味長

點絳脣

同雁風微養花濃淡天容好似春知道吉夢佳人到

共樂春臺携手蓬萊小同傾禱願春不老歲歲尋芳草

上林春 韓相生日

天惜中秋三夜淡雲占得今宵明月盃敵歲好金風氣爽清時挺生賢哲相門出相算鍾慶自應累葉乍歸來暫燕處共仰赤松高轍 想人生會須自悦浮雲事笑裏尊前休説舊有衮衣公歸未晚千歲盛明時節命圭相印看重慶晉公勳業濟生靈共富貴海深天濶

楊柳枝

素色清薰出俗華臘前花軒前愛日掃雲遮幾枝斜月淡紗窗香暗透白于沙幽人獨酌對芳葩興無涯

驀山溪

鳳凰山下東畔青苔院記得當初個與玉人幽歡小宴黄昏風雨人散不歸家簾旋捲燈火顫驚擁嬌羞面別來憔悴偏我愁無限歌酒情都減也不獨朱顏改變如今桃李湖上泛舟時青天晚青山遠傾見無由見

又

自來相識比爾情都可咫尺千里算惟孤枕單衾知我
終朝盡日無緒亦無言我心裏忡忡也一點全無那
香殘小字寫了千千個我恨無羽翼空寂寞青苔院鎖
昨朝寃我却道不知休天天天不曾麽因甚須寃我

生查子

夜飲别佳人梅小猶飄雪忍淚一春愁過却花時節
相見話相思重與臨風月休似那回時無事還輕别

少年遊

當年携手是處成雙無人不羨自間阻五年也一夢擁嬌嬈粉面　柳眉輕掃杏腮微拂依前雙靨盛睡裏起來尋覔却眼前不見

青玉案

三年宋玉牆東畔怪相見常低面一曲文君芳心亂忽忽依舊匆匆吹散月淡梨花館　秋娘苦妒浮金盞漏些子堪猜是嬌盼歸去相思腸應斷五更無寐一懐好事依舊藍橋遠

江城子 贈次膺叔家娉娉

娉娉聞道似輕盈好佳名也堪稱楚觀雲歸重見小樊驚豆蔻稍頭春尚淺嬌未顧已傾城 章臺休詠舊青青惹離情恨難平無事飛花撩亂撲旗亭不似劉郎春草小能步步伴人行

青玉案 傷娉娉

彩雲易散琉璃脆念往事心將碎只合人間十三歲百花開盡丁香獨自結恨春風裏 小園幽檻經行地恨

春草佳名謾拋棄簇蝶羅裙休將施香殘燭𤏡微風觸
幔勞鬅嬌嚬是

聲聲慢家妓榮奴既出有感

朱門深掩擺蕩春風無情鎮欲輕飛斷腸如雪撩亂去
點人衣朝來半和細雨向誰家東館西池算未肯似桃
含紅蘂留待郎歸　還記章臺往事别後青青似舊時
垂灞岸行人多少競折柔枝而今恨啼露葉鎮香街拋
擲因誰又爭可妒郎誇春草步步相隨

點絳脣 同前

檀口星眸，艷如桃李情柔惠。據我心裏，不肯相抛棄。哭怕人猜，笑又無滋味。忡忡地，繫人心裏，一句臨岐誓。

晁无咎詞卷五

欽定四庫全書

晁无咎詞卷六

宋 晁補之 撰

永遇樂 贈雍宅璨奴

銀燭將殘，珑莛初散，依舊愁緒。醉裏凝眸，嬌來縱體，此意難分付。憐伊只似，風前輕燕，好語暫來還去。重樓靜，珠簾休下，待掃畫梁留住。　青娥皓齒，雲鬟花面，見了綺羅無數。只你厭厭，教人竟日，一點無由訴。如今拚了

縈眠惹夢没個頓身心處深識事驂鸞解佩是未許

虞美人 代内

梅花時候君輕去曾寄紅牋與胡麻好種少人知正是歸時何處誤芳期　誰教又作狂遊遠歸路楊花滿當年不負瑣窗春老向長楸走馬更愁人

朝天子

酒醒情懷惡金縷褪玉肌如削寒食過却海棠花零落　漸日照闌干烟淡薄繡額珠簾籠畫閣春睡着覺來

失鞦韆期約

行香子 贈輕盈

柳態纖柔雪艷疎明問人來人道輕盈芙蓉臉際一寸波橫比瀟洒處猶難稱此嘉名 花前燭下微嚬淺笑要題詩盞畔低聲司空自慣狂眼須驚也不辭寫雙羅帶恐牽情

感皇恩

終歲憶春田西園行盡歡喜梅稍上春信去年攜手暗

約芳時還近燕來鶯又到人無準 憑誰向道流光一瞬佳景閒過舞衣棍春歸何處又對飛花難問舊歡都未遇成新恨

臨江仙 代內

馬上匆匆聽却喜朦朧月淡黃昏碧羅雙扇曉光分鉛華先辨臉朱色怎分脣 暫別寶奩蛛網遍春風淚汚榴裙香牋小字寄行雲纖腰非學楚寬帶為思君

碧牡丹 王晉卿都尉宅觀舞

院宇簾垂銀箏雁低春水送出燈前婀娜腰肢柳細步
處香裀紅浪隨鴛履梁州緊鳳翹墜　嫌輕體繡帶因
風起霓裳恐非人世調促香檀困入流波生媚上客休
辭眼亂樽中翠玉階霜透羅袂

少年遊

前時相見樓頭窻畔樽酒望銀蟾如今間阻銀蟾又滿
小閣下珠簾　願得吳山山前雨長恁晚癢纖不見樓
頭嬋娟月且寂寞閑窻眼

西江月

似有如無好事多離少會幽悽流鶯過了又蟬催腸斷

碧雲天外　不寄書還可恨全無夢也堪猜秋風吹淚

上樓臺只恐朱顔便改

鷓鴣天

繡幕低低拂地垂春風何事入羅幃胡麻好種無人種

正是歸時君未歸　臨晚景憶當時愁心一動亂如絲

夕陽芳草本無恨才子佳人空自悲

滿江紅 寄内

月上西窻書帷靜燈明又滅水漏澌銅壺香燼夜霜如雪睡眼不曾通夕閉夢魂爭得連宵接念碧雲川路古來長無由越　鸞釵重青絲滑羅帶緩小腰怯那更伊多感恨離傷別正是少年佳意氣漸當故里春風節歸去來莫放子規啼芳菲歇

菩薩蠻 代歌者怨

綠黄鸝好鶯羞巧紅檀微映燕脂小當座斂雙蛾曲中幽

恨多 知君憐舞袖舞罷歌成就獨舞不成妍因歌舞可憐

減字木蘭花 陳履常

娉娉嫋嫋紅落東風青子小妙舞委蛇曲誤周郎却未知 花前月底誰喚分司狂御史欲語還休喚不回頭汲着羞

臨江仙

離別尋常今白首更須竹雨瀟瀟不應都占世間豪清

風居士手楊柳洛城腰　文字功名真自誤從今好月良宵只須憐取董嬌饒修門君自到不用我詞招

又 晁達州見知

君似蒼崖千仞竹一枝孤映萬蕭篁瓢不減萬鍾豪閒情搔短髪佳句詠纖腰　罷酒蘭舟回楚櫂相思何處今宵淮南幽桂水雲饒他年春草恨應有小山招

紫玉簫 過堯民金部四叔因見韓相家姬輕盈所留題

羅綺叢中笙歌隊裏眼狂初認輕盈無花解比似一鈎

新月雲際初生算不虚得郎占與第一佳名卿歸去那知有人别後牽情 襄王自是春夢休謾説東牆事更難凴誰教慕宋要題詩曾倚寶柱低聲似瑶臺晚空暗想衆裡飛瓊餘香冷猶在小窻一到魂驚

鬭百草

别日常多會時常少天難曉正喜花開又愁花謝春也似人易老慘無言念舊日朱顔清歡莫笑便苒苒如雲霏霏似雨去無音耗 追想牆頭梅下門裡桃邊名利

伊都忘了血寫香箋淚封羅帕記三日離腸恨攪如今事十二樓空憑誰到此情悄擬回船武陵路杳

又

往往臨邛舊遊雅態羞重憶解賦才高好音情慧琴裏句中暗惜正當年似閬苑瓊林朝朝相倚便滌器何妨當壚正好鎮同比翼　誰使褰裳珮失推枕雲歸惆悵至今遺恨積雙鯉書來大刀詩意縱章臺青青　似昔重尋事前度劉郎轉愁寂謾贏得對東風對花歎息

鬭百花　汶妓閻麗

小小盈盈珠翠憶得眉長眼細曾共映花低語已解傷春情意重向溪堂臨風看舞梁州依舊照人秋水轉更添姿媚　與問階上簸錢時節可記微笑但把纖腰向人嬌倚不見還休誰教見了厭厭還是向來情味

又

臉色朝霞紅膩眼色秋波明媚雲度小釵濃鬢雲透輕綃香臂不語凝情教人喚得回頭斜盼未知何意百態

生珠翠　低問石上鑿井何由及底徹向耳邊同心有緣千里飲散西池涼蟾正滿紗窻一語繫人心裏

又

斜日東風深院繡幕低迷歸燕瀟洒小屏嬌面髩鬅燈前初見與選筵中銀盆半折姚黄插向鳳凰釵畔微笑遮紈扇　教展香裀看舞霓裳促遍紅飈翠翻驚鴻乍拂秋岸柳困花慵盈盈自鬆羅巾不須勸倒金盞

御街行

天街月照珠簾粉蟬響曾相近繁華樂事尚來慵對酒尚憐佳景王孫年少風流應更無奈春愁悶幽期莫誤香閨恨羅帶今朝䙡月圓花好一般春觸處搃堪乘興有人惆悵何如歸好相見憑君問

南歌子

睡起臨窓坐粧成傍砌閒春來莫捲繡簾看嫌怕東風吹恨在眉間　鸚鵡花前弄琵琶月下彈驀然收袖倚闌干一晌思量何事點雲鬟

清平樂

寒風雁度聲向千門去也到文闈校文處也到文君繡户背燈解帶魂驚長安此夜秋聲早是夜寒不寐五更風雨無情

好事近

歸路苦無多正值早秋時節應是畫簾靈鵲把歸期先說 就中風送馬蹄輕人意漸歡悅此夜醉眠無夢任西樓斜月

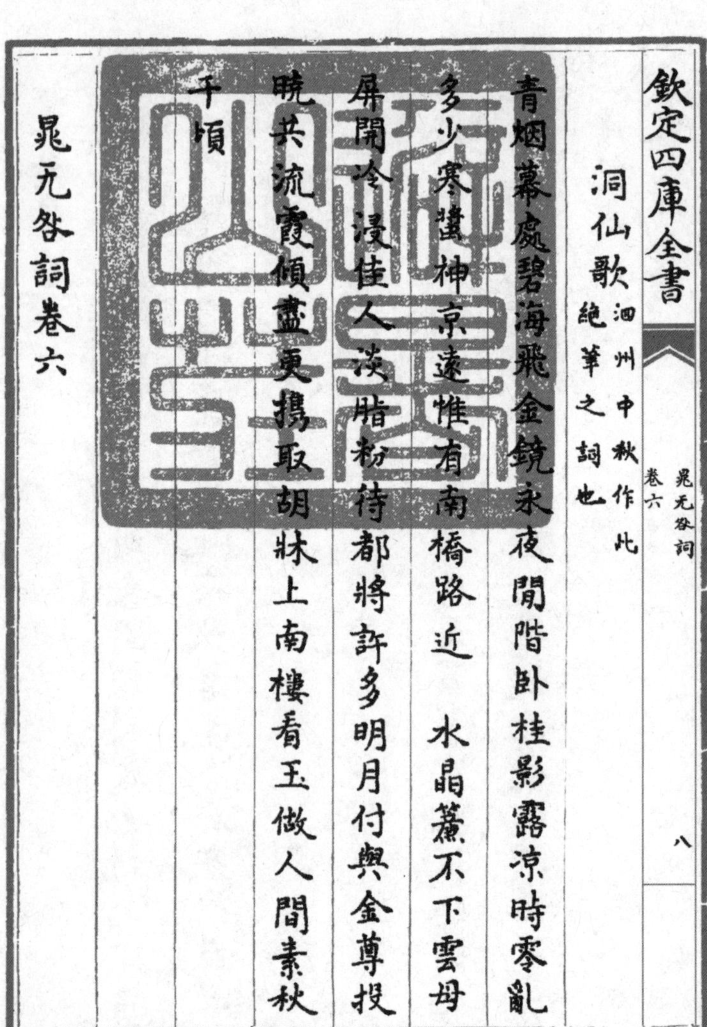

欽定四庫全書

洞仙歌 泗州中秋作此絕筆之詞也

青烟幕處碧海飛金鏡永夜閒階卧桂影露凉時零亂多少寒蠻神京遠惟有南橋路近 水晶簾不下雲母屏開冷浸佳人淡脂粉待都將許多明月付與金尊投曉共流霞傾盡更攜取胡牀上南樓看玉做人間素秋千頃

晁无咎詞卷六

姑溪詞

李之儀

欽定四庫全書　集部十

提要　詞曲類　詞集之屬

姑溪詞

臣等謹案姑溪詞一卷宋李之儀撰之儀有姑溪集已著録書録解題載之儀姑溪詞一卷此本爲毛晉所刊凡四十調共八十有八闋之儀以尺牘擅名而其詞亦工小令尤清婉峭蒨殆不減秦觀晉跋謂花菴詞選未經

採入有遺珠之歎不知黄昇所録皆南渡以後之人故曰中興以來絶妙詞之儀時代在前晉殊未考至所稱鴛衾半擁空牀月步懶恰尋牀卧看遊絲到地長時時浸手心頭潤受盡無人知處涼諸句亦不足盡其所長也其和陳瓘賀鑄黄庭堅諸詞皆列原作於前而已詞居後唱和並載蓋即謝朓集中附載王融詩例使贈答之情彼此相應足以見措

詞運意之故較他集體例為善所載庭堅好事近後闋頁十分蕉葉句今本山谷詞蕉葉誤作金葉亦足以互資考證也

溪堂詞

臣等謹案溪堂詞一卷宋謝逸撰宋史藝文志載逸有集二十卷溪堂詩五卷今已從永樂大典中蒐輯著録馬端臨經籍考又載溪堂詞一卷今刊本一卷末有毛晉跋稱旣得

溪堂全集末載樂府一卷遂依其章次就梓
蓋其集明末尚未佚晉故得而見之也逸以
詩名宣政間然復齋漫録載其嘗過黄州杏
花村館題江神子一闋於驛壁過者必索筆
於驛卒卒苦之因以泥塗馬則其詞亦見重
一時矣是作今載集中語意清麗良非虚美
其他作亦極煆煉之工卷首有序署漫叟而
不名其所稱黛淺眉痕沁紅添酒面潮二句

乃菩薩蠻第一闋中句魚躍氷池抛玉尺雲
横石嶺拂鮫綃乃望江南第二闋中句然紅
潮登頰本蘇軾語魚躍練江抛玉尺乃王令
語皆剽竊舊文不為佳句乃獨摘以為極工
可謂舍長而取短殊非正論晉跋語又載花
心動一闋謂出近來吳門抄本疑是贋筆乃
沈天羽作續詞譜獨收此詞朱彛尊詞綜選
逸詞因亦首登是闋考宋人詞集如史達祖

周邦彥張元幹趙長卿高觀國諸人皆有此調其音律平仄如出一轍獨是詞隨意填湊頗多失調措語尤鄙俚不文其為贋作蓋無疑義晉刊此集削而不載特為有見今亦不復補入庶免魚目之混焉乾隆四十九年五月恭校上

總纂官臣紀昀臣陸錫熊臣孫士毅

總校官臣陸費墀

欽定四庫全書

姑溪詞

宋 李之儀 撰

水龍吟 中秋

晚來輕拂游雲盡捲霽色寒相射銀潢半掩秋毫欲數分明不夜玉琯傳聲羽衣催舞此歡難借瀲清輝但覺圓光罩影冰壺瑩真無價 聞道水精宮殿蕙爐薰珠簾高挂瓊枝半倚瑤觴更勸鸎嬌燕姹目斷魂飛翠縈

紅遶空冷小硏想歸來醉裡鸞篦鳳朶倩何人𨻶

驀山溪 次韻徐明叔

神仙院宇記得春歸後蜂蝶不勝閑惹殘香縈紆深透玉徽指穩别是一般情方永晝因誰瘦都為天然秀桐陰未減獨自携芳酎再弄想前歡拊金樽何時似舊憑誰設與潘鬢轉添霜飛隴首雲將皺應念相思久

又 北觀避暑次明叔韻

金柔火老欲避幾無地誰借一簷風鎖幽香愔愔清邃

瑤階珠砌如膜遇金篦流水外落花前豈是人能致擘麟泛玉笑語皆真類惆悵月邊人駕雲軿何方適意幺絃咽處空感舊時聲蘭易歇恨偏長魂斷成何事

又 采石值雪

蛾眉亭上今日交冬至已報一陽生更佳雪因時呈瑞勻飛密舞都是散天花山不見水如山渾在氷壺裏平生選勝到此非容易弄月與燃犀漫勞神徒能驚世爭如此際天意巧相符須痛飲慶難逢莫訴厭厭醉

又

晚來寒甚密雪穿庭戶如在廣寒宮驚兩目瑤林瓊樹佳人乘興應是得歡多泛新聲催金盞別有留心處爭知這裡沒箇人言語撥盡火邊灰攪愁腸飛花舞絮憑誰子細說與此時情歡蹔歌酒微醺還解相思否

滿庭芳 八月十六夜景修詠東坡舊詞因韵成此

一到江南三逢此夜舉頭羞見嬋娟黯然懷抱特地遣誰寬分外清光潑眼迷滉漾無計抅攔天如洗星河盡

掩全勝異時看　佳人還憶否年時此際相見方難謾紅綾偷寄孤衾添寒何事佳期再覩翻悵望重疊關山歸來呵休教獨自腸斷對團圓

又　有碾龍團為供求詩者作長短句報之

花陌千條珠簾十里夢中還是揚州月斜河漢曾記醉歌樓誰賦紅綾小研因飛絮天與風流春常在仙源路隔空自泛漁舟　新秋初雨過龍團細碾雪乳浮甌問慇勤何處特地相留應念長門賦罷消渴甚無物堪酹

情無盡金扉玉牓何日許重遊

玉蝴蝶 九月十日將登黄山遂爲雨阻遂飲歛止陳君俞獨不至已而以三闋見寄輒次其韻

坐久燈花開盡暗驚風葉初報霜寒冉冉年華催莫顔色非丹攪回腸蛩吟似織留恨意月彩如攤慘無歡篆煙縈素空轉雕盤　何難别來幾日信沉魚鳥情滿關山耳邊依約常記巧語綿蠻聚愁窠蜂房未密傾淚眼海水猶慳奄更闌漸移銀漢低泛簾顔

早梅芳

雪初晴寒將變已報梅梢暖日邊霜外迤邐枝條自柔軟嫩苞勻點綴綠萼輕裁剪隱深心檀炷未許清香散漸融和開欲遍密處疑無間天然標韻不與羣花鬭深淺夕陽波似動曲水風猶嬾最銷魂弄影無人見

謝池春

殘寒銷盡疎雨過清明後花徑欵餘紅風沼縈新皺乳燕穿庭戶飛絮沾襟袖正佳時仍晚晝著人滋味真箇

濃如酒　頻移帶眼空只恁厭厭瘦不見又思量見了還依舊為問頻相見何似長相守天不老人未偶且將此恨分付庭前柳

怨三三　登姑熟堂寄舊遊用賀方回韵

清溪一派瀉揉藍岸草毿毿記得黃鸝語畫簷喚狂裡醉重三　春風不動垂簾似三五初圓素蟾鎮淚眼廉纖何時歌舞再和池南　春光好

霜壓曉月扠陰斗寒深看盡燭花金鴨冷捲殘衾　夘酒從誰細酌餘香無計重尋空把夜來相見夢寫文琴

千秋歳

深簾靜晝綽約閨房秀鮮衣楚製非文綉凝脂膚理膩削玉腰圍瘦閑舞袖回身昵語凭肩久　眉壓橫波皺歌斷青青柳釵遶擘壺頻叩鬢樓清鏡雪淚漲芳樽酒難再偶沉沉夢峽雲歸後

又

柔腸寸折解袂留清血藍橋動是經年别掩門春絮亂
欹枕秋蛩咽檀篆滅鴛衾半擁空牀月　妝鏡分來缺
塵汚菱花潔嘶騎遠鳴機歇密封書錦字巧綰香囊結
芳信絶東風半落梅梢雪

又

萬紅暄晝占盡人間秀怎生圖畫如何繡宜推蕭史伴
消得東陽瘦垂窄袖花前鎮憶相攜久　淚裛回紋皺
好在章臺柳洞户隔憑誰叩寄聲雖有雁會面難同酒

無計偶蕭蕭莫雨黃昏後

又

休嗟磨折看取羅巾血殷勤且話經年别庭花番悵望簷雨同嗚咽明半滅燈情夜夜多如月　無復伭離缺共保氷霜潔不斷夢從今歇収回書上絮解盡眉頭結猶未絕金徽泛處應能雪

又

中秋才過又是重陽到露乍冷寒將報緑波摧渚芰黃

蜜攢庭草人未老藍橋謾促霜砧擣　照影蘭缸暈破
户銀蟾小樽在眼從誰倒强鋪同處被想卸歡時帽須
信道狂心未歇情難者

又

深秋庭院殘暑全消退天幕迥雲容碎地偏人罕到風
慘寒徹帶初睡起翩翩戲蝶飛成對　歎息誰能會猶
記逢傾蓋情整遣心常在沈沈音信斷冉冉光陰改紅
日晚仙山路隔空雲海

臨江山

知有閬風花解語從來祇許傳聞光明休詠漢宫新擁身疑有月襯步恨無雲　莫把金樽容易勸坐來幾度銷魂不知仙骨在何人好將千歳日占斷四時春

又

九十日春都過了尋常偶到江皋水容山態兩相饒草平天一色風暖燕雙高　酒病猒猒何計卸飛紅漫送無聊鶯聲猶似耳邊嬌難回巫峽夢空恨武陵桃

江城子

惱人天氣雪消時落梅飛日初遲小閣幽窗時節聽黃鸝新洗頭來嬌困甚才試著夾羅衣　木梨花拂淡燕脂翠雲欹斂雙眉月淺星深天淡玉繩低不道有人腸斷也渾不語醉如癡

又

今宵莫惜醉顏紅十分中且從容須信歡情回首似旋風流落天涯頭白也難得是再相逢　十年南北感征

鴻恨應同苦重重休把愁懷容易倒書空只有琴樽堪寄老除此外盡蒿蓬

又

闌干拍遍等新紅酒頻中恨匈匈投得花開還報夜來風惆悵春光留不住又何似莫相逢　月窗何處想歸鴻與誰同意千重婉思柔情一旦揔成空彷彿么絃猶在耳應為我首如蓬

清平樂 橘

西江霜後萬點暄晴畫璀璨寄來光欲溜正值文君病酒　畫屏斜倚窗紗睡痕猶帶朝霞為問清香絶韵何如解語梅花

又

蕭蕭風葉似與更聲接欲寄明璫非為怯夢斷蘭舟桂楫　學書只寫鴛鴦却應無奈愁腸安得一雙飛去春風芳草池塘

又　聽楊妹琴

殷懃仙友勸我千年酒一曲履霜誰與奏解逅麻姑妙手　坐來休歎塵勞相逢難似今朝不待親移玉指自然癢處都消

又再和

當時命友曾借鄰家酒舊曲不知何處奏夢斷空思纖手　却應去路非遙今朝還有明朝謾道人能化石須知石被人消

又

仙家庭院紅日看看晚一朶梅花挨枕畔玉指幾回拈看　擁衾不比尋常天涯無限思量看了又還重嗅分明不為清香

浪淘沙　琴

霞捲雲舒月淡星疎摩徽轉軫不曾虚彈到當時留意處誰是相如　魂斷酒家壚路隔雲衢舞鸞鏡裏早妝初擬學畫眉張内史略借工夫

卜算子

我住長江頭君住長江尾日日思君不見君共飲長江水　此水幾時休此恨何時已只願君心似我心定不負相思意

憶秦娥 用太白韵

清溪咽霜風洗出山頭月山頭月迎得雲歸還送雲別不知今是何時節凌歊望斷音塵絕音塵絕帆來帆去天際雙闕

蝶戀花

天淡雲閒晴晝永庭戶深沉滿地梧桐影骨冷魂清如夢醒夢回猶是前時景　取次盃盤催酩酊醉帽頻攲又被風吹正踏月歸來人已静怳疑身在蓬萊頂

又

玉骨氷肌天所賦似與神仙來作煙霞侶桃畔拈來親手付書窗終日常相顧　幾度離披留不住依舊清香只欠能言語再送神仙須愛護他時却待親來取

又

萬事都歸一夢了曾向邯鄲枕上教知道百歲年光誰得到其間憂患知多少　無事且頻開口笑縱酒狂歌銷遣閑煩惱金谷繁華春正好玉山一任樽前倒

又

為愛梅花如粉面天與工夫不似人間見幾度拈來親比看工夫却是花枝賤　見得歸來臨几硯盡日相看默默情無限便不嗅時須百徧分明銷得人腸斷

浣溪沙　梅

剪水開頭碧玉條能令江漢客魂銷只應香信是春潮

戴了又羞緣我老折來同嗅許誰招憑將此意問妖

嬈

又 為楊妹作

玉室金堂不動塵林梢緑遍已無春清和佳思一番新

道骨仙風雲外侶煙鬟霧鬢月邊人何妨沉醉到黃

昏

又 再和

依舊琅玕不染塵霜風吹斷笑時春一簪華髮為誰新
白雪幽蘭猶有韵鵲橋星渚可無人金蓮移處任塵
昏

又

昨日霜風入絳帷曲房深院繡簾垂屏風幾曲畫生枝
酒暈漸濃歡漸密羅衣初試漏初遲已涼天氣未寒
時

西江月 橘

昨夜十分霜重曉來千里書傳吳山秀處洞庭邊不夜星毬初徧　好事寄來禪侶多情將送琴仙為憐佳果稱嬋娟一笑聊回媚眼

又

醉透香濃斗帳燈深月轉回廊當時背面兩伥伥何況臨風懷想　舞柳經春秪瘦遊絲到地能長鴛鴦半調已無腸忍把幺絃再上

又

念念欲歸未得迢迢此去何求都緣一點在心頭忘了霜朝雪後　要見有時有夢相思無處無愁小窗若得再綢繆應記如今時候

鵲橋仙

風清月瑩天然標韵自是閨房之秀情多無那不能禁常是為而今時候　綠雲低攏紅潮微上畫幕梅寒初透一般偏更惱人深時更把眉兒輕皺

又

宿雲收盡纎塵不警萬里銀河低挂清冥風露不勝寒無計學雙鸞竝駕　玉嶺聲斷寶釵香遠空賦紅綾小研瘦郎知有幾多愁怎奈向月明今夜

踏莎行

緑遍東山寒歸西渡分明認得香風處風輕雨細更愁人高唐何在空朝莫　離恨相尋酒狂無素柳條又折年時數一番情味有誰知斷魂還送征帆去

又

還是歸來依前問渡好風引到經行處幾聲啼鳥又催耕草長柳暗春將莫　潦倒無成疎慵有素且陪野老酬天數多情惟有面前山不隨流水來還去

鷓鴣天

節是重陽却斗寒可堪風雨累尋懽雖辜早菊同高柳聊揖殘蕉共小欄　浮螘嫩炷煙盤恨無鶯唱舞催鸞空驚絕韵天邊落不許韶顏夢裏看

又

濃麗妖妍不是妝十分風豔奪韶光牡丹開就應難比
繁富猶疑過海棠　須仔細更端相爛霞梳暈帶朝陽
千金未足酧真賞一度相看一斷腸

又

避暑佳人不著妝水晶冠子薄羅裳摩綿撲粉飛瓊屑
濾蜜調氷結絳霜　隨定我小蘭堂金盆盛水遶牙牀
時時浸手心頭熨受盡無人知處涼

又

収盡微風不見江分明天水共燈光由來好處輸閑地堪嘆人生有底忙　心既遠味偏長須知粗布勝無裳從今認得歸田樂何必桃源是故鄉

朝中措

鵬窮天際傍危欄密雪舞初殘表裏江山如畫分明不似人間　功名何在文章漫興空嘆流年獨恨歸來已晚半生孤負漁竿

又

莫山環翠繞層欄時節歲將殘遠雁不傳家信空能嘹唳雲間　客程無盡歸心易感誰與忘年早晚臨流凝望幾帆催卸風竿

又

翰林豪放絶拘風月感彫殘一旦荆溪仙子筆頭喚聚時間　錦袍如在雲山頓改宛似當年應笑溧陽衰尉鮎魚依舊懸竿

阮郎歸

朱唇玉羽下蓬萊佳時近早梅惜花情味久安排枝頭開未開　魂欲斷恨難裁香心休見猜果如何遜是仙才何妨入夢來朱唇玉羽湖湘間謂之倒挂子嶺南謂之梅花使十二月半方出

採桑子

相逢未幾還相別此恨難同細雨濛濛一片離愁醉眼中　明朝去路雲霄外欲見無從滿袂仙風空託雙鳧作信鴻

如夢令

回首蕪城舊苑還是翠深紅淺春意已無多斜日滿簾飛燕不見不見門掩落花庭院

臨江仙 金陵凌歊臺感懷

偶向凌歊臺上望春光已過三分江山重疊倍銷魂風花飛有態煙絮墜無痕 天塹六軍飛渡也新亭舊恨仍存清愁滿眼共誰論却應臺下草不解憶王孫

又 景修席上再賦

難得今朝風日好春光佳思平分雖然公子暗招魂其

如撞眼看都是舊時痕　酒到强尋歡日路坐來誰為温存落花流水不堪論何時絃上意重為拂桐孫

醜奴兒 謝人寄蠟梅

春風似有燈前約先報佳期點綴相宜天氣猶寒蝶未知　嫩黄染就蜂鬚巧香壓團枝淡注仙衣方士臨門未起時

青玉案 用賀方回韻有所禱而作

小蓬又泛曾行路這身世如何去去了還來知幾度多

情山色有情江水笑我歸無處　夕陽杳杳還催暮練淨空吟謝郎句試禱波神應見許帆開風轉事諧心遂直到明年兩

更漏子 借陳君俞韵

暑方煩人似愠悵望林泉幽峻情會處景偏長心清聞妙香　寶幢低金鏁碎竹影桐陰窗外新事舊舊愁新空嗟不見人

漁家傲

洗盡秋容天似瑩星稀月淡人初靜策杖縈紆尋遠徑披昏暝隄邊犢母閒相並　遙想去舟䰟欲凝一番佳思從誰詠顛頹歸來如獨醒知何境沉沉但覺煙村迥

南鄉子

春後雨餘天婭姹黃鸝勝品絃榴葉千燈初報暑階前秖有茶甌味最便　身世幾蹁躚自覺年來更可憐欲問此情何所似緣延看取窗間墜柳綿

又 夏日作

綠水滿池塘點水蜻蜓避燕忙杏子壓枝黄半熟隣牆風送荷花幾陣香　角簟襯牙床汗透鮫綃畫影長點滴芭蕉疎雨過微涼畫角悠悠送夕陽

又

睡起繞回塘不見銜泥燕子忙前圃花梢都綠遍西牆猶有輕風遞暗香　步懶恰尋牀卧看遊絲到地長自恨無聊常病酒淒涼豈有才情似沈陽

又 端午

小雨濕黄昏重午佳辰獨掩門巢燕引雛渾去盡銷魂空向梁間覓宿痕　客舍宛如村好事無人載一樽唯有鸎聲知此恨殷勤恰似當時枕上聞

又

淚眼轉添昏去路迢迢隔院門角黍滿盤無意舉凝魂不為當時澤畔痕　腸斷武陵村骨冷難同月下樽强泛菖蒲酬令節空勤風葉蕭蕭不忍聞

驀山溪　少孫詠魯直長沙舊詞因次韵

青樓薄倖已分終難偶尋徧綺羅間誚無箇眼中翹秀江南春曉花發亂鶯飛情漸透休辭瘦果有人相候醉鄉路穩常是身偏後誰謂正歡時把相思番成紅豆千言萬語畢竟揔成虛章臺柳青青否魂夢空搔首

減字木蘭花

亂魂無據黯黯只尋來處路燈盡花殘不覺長更又向闌　幾回枕上那件不曾留夢想變盡星星一滴秋霖是一莖

又

隄長春晚冉冉渾如雲外見欲語無門略許鸎聲隔岸聞　錦屏繡幌猶待歸來留一餉何事遲遲直恐遊絲惹住伊

又 次瑩中韻

瑩中詞云世間拘礙人不堪時渠不改古有斯人千載誰能繼後塵　春風入手樂事自應隨處有與衆熙怡何似幽居猒樂時

觸塗是礙一任浮沉何必改有箇人人自說居塵不染塵　謾誇千手千物執持都是有氣候融怡還取青天白日時

又

次韻陳瑩中題韋深道寄傲軒

瑩中詞云結廬人境萬事醉來都不醒烏倦雲飛兩得無心摠是歸　古人逝矣舊日南窗何處是莫負青春即是昇平寄傲人

莫非魔境强向中間我獨醒一葉纔飛便覺年華太半

歸 醉云可矣認著依前還不是虛過今春有媿斜川得意人

又 得金陵報喜甚從趙景修借酒

揉花催柳一夜陰風幾破牖平曉無雲依舊光明一片春 揪衣起走欲助喜歡須是酒惆悵空樽擬就王孫借十分

天門謡 次韵賀方回登采石蛾眉亭

方回詞云牛渚天門險限南北七雄豪占清霧斂與

閑人登覽　待月上潮平波灧灧塞管輕吹新阿濫風滿檻歷歷數西州更點

天塹休論險盡遠目與天俱占山水歛稱霜晴披覽正風静雲閑平瀲灧想見高吟名不濫頻扣檻杳杳落沙鷗數點

好事近　與黄魯直於當塗花園石洞聽楊妹彈履霜操魯直有詞因次韵

魯直詞云一弄醒心絃情在兩山斜疊彈到古人愁處有真珠承睫　使君來去本無心休淚界紅頰自

恨老來憎酒負十分蕉葉

相見兩無言愁恨又還千疊別有惱人深處在懵騰雙睫　七絃雖妙不須彈惟願醉香頰只恐近來情緒似風前秋葉

又

春到雨初晴正是小樓時節柳眼向人微笑傍闌干堪折　莫山濃淡鎖煙霏梅杏半明滅玉斝莫辭沉醉待歸時斜月

又 再和

上盡玉梯雲還見一番時節惆悵舊時行處把青青輕折倚闌人醉欲黃昏飛鳥望中滅天面碧琉璃上印彎彎新月

浣溪沙 和人喜雨

龜圻溝塍草壓隄三農終日望雲霓一番甘雨報佳時

聞道醉鄉新占斷更開詩社好排巇此時空恨隔雲泥

又

雨暗軒窗晝易昏强欹纖手浴金盆却因涼思謝飛蚊

酒量羡君如鵠舉寒鄉憐我似鴟蹲由來同是一乾

坤

又

聲名自昔猶時鳥日月何嘗避覆盆是非都付鬢邊蚊

邂逅風雷終有用低回囊橐要深蹲酒中聊復比乾

坤

菩薩蠻

五雲深處蓬山杳寒輕霧重銀蟾小枕上挹餘香春風歸路長 雁來書不到人靜重門悄一陣落花風雲山千萬重

又

青梅又是花時節粉牆閒把青梅折玉鐙偶逢君春情如亂雲 藕絲牽不斷誰信朱顔换莫猒十分斟酒深情更深

雨中花令

休把身心撋就，著便醉人如酒。富貴功名雖有味，畢竟因誰守。看取刀頭切藕，厚薄都隨他手。趂取日中歸去好，莫待黄昏後。

又 王德循東齋瑞香花

點綴葉間如繡，開傍小春時候。莫把幽蘭容易比，都占盡人間秀。信是眼前稀有，消得千鍾美酒。只有些兒堪恨處，管不似人長久。

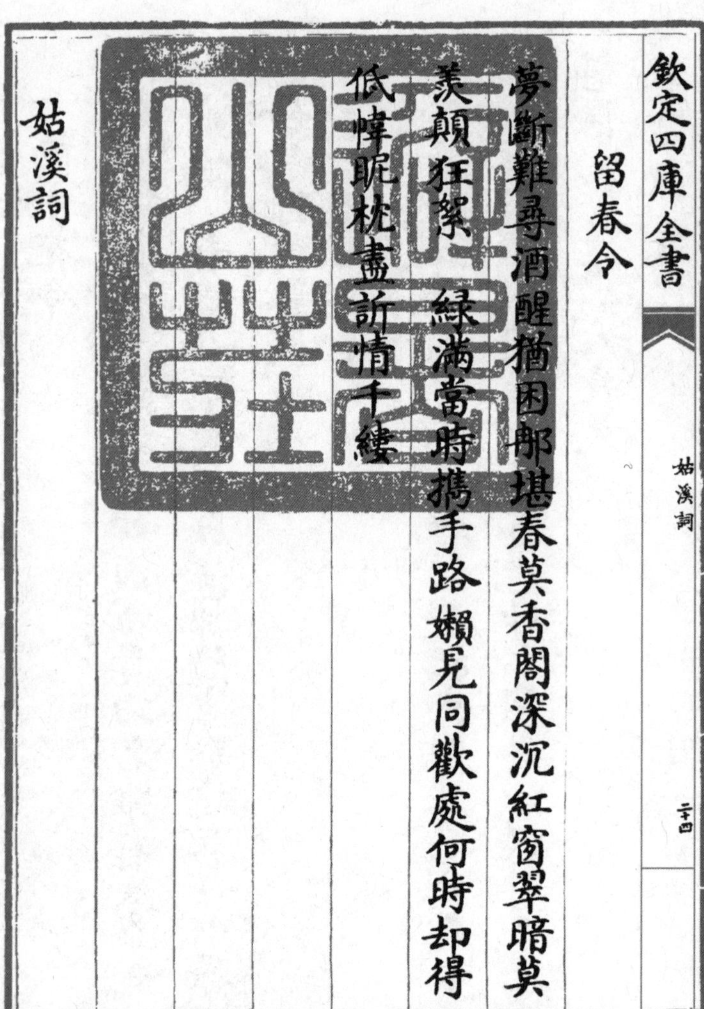

留春令

夢斷難尋酒醒猶困那堪春莫香閣深沉紅窗翠暗莫羨顛狂絮　緑滿當時攜手路嬾見同歡處何時却得低幃昵枕盡訴情千縷

溪堂詞

謝逸

欽定四庫全書

溪堂詞

宋 謝逸 撰

如夢令 戚刻周美成

花落鶯啼春莫陌上綠楊飛絮金鴨晚香寒人在洞房深處無語無語葉上數聲疎雨

又

門外落花流水日暖杜鵑聲碎蕃馬小屏風一枕畫堂

春睡如醉如醉正是困人天氣

點絳唇 或刻張子野 碧影涵雲巘作玉立峨峰遠

九日登高倚樓人在秋空半汝江如練碧影涵雲巘醉看茱萸定是明年健清樽滿菊花黃淺偏入陶潜眼

又

金氣秋分風清露冷秋期半涼蟾光滿桂子飄香遠素練霓衣仙杖明飛觀霓裳亂銀橋人散吹徹昭華管

浣溪沙

樓閣簾垂乳燕飛圓荷細細點清溪薰風破悶晚涼時玉軫琴邊蘭思遠霜紈扇裏翠眉低柔藍衫子鬧蜂兒

又

暖日温風破淺寒短青無數簇幽蘭三年春在病中看中酒心情長似夢探花時候不曾閑故園芳信隔秦關

採桑子

楚山削玉雲中碧影落沙汀秋水澄凝一抹江天雁字橫　金錢滿地西風急紅蓼烟輕簾外砧聲驚起青樓夢不成

又

氷霜林裏爭先發獨壓羣花風送清笳叓引輕烟淡淡遮　抱牆溪水彎環碧月色清華疎影橫斜恰似林逋處士家

又

冷猿寒雁淮山遠風裊青帘飛雪廉纖莫道空中是撒鹽　到時乳鵲喧梧影曉卷疏簾彩服巡簷索共梅花笑語添

菩薩蠻

暄風遲日春光鬧蒲萄水緑揺輕棹兩岸草烟低青山啼子規　歸來愁未寢黛淺眉痕沁花影轉廊腰紅添酒面潮

又

縠紋波面浮鸂鶒蒲芽出水參差碧滿院落梅香柳梢初弄黄　衣輕紅袖皺春困花枝瘦睡起玉釵横隔簾聞曉鶯

減字木蘭花七夕

荷花風細乞巧樓中涼似水天幙低垂新月彎環淺暈看　橋横烏鵲不負年年雲外約殘漏疎鐘腸斷朝霞一縷紅

又

踈踈密密薝蔔林中飛六出妬舞欺梅恣颺隨風去却回　遥岑玉列不見雲中浮寸碧夜月清妍庭下交光月午天

卜算子

煙雨冪橫塘紺色涵清淺誰把并州快剪刀剪取吳江半　隱几岸烏巾細葛含風軟不見柴桑避俗翁心共孤雲遠

謁金門

簾外雨洗盡楚山殘暑白露影邊霞一縷紺碧江天莫沉水煙横香霧茗椀淺浮瓊乳卧聽鷓鴣啼竹塢竹風清院宇

好事近

踈雨洗煙波雨過滿江秋色風起白鷗零亂破嵐光深碧荻花楓葉只供愁清吟寫岑寂吟罷倚闌無語聽一聲羌笛

清平樂

曉風殘角月裏梅花落宿雨醒時滋味惡翠被輕寒漠漠　夢回一點相思遠山暗蹙雙眉不覺肌膚瘦玉但知帶減腰圍

又春情

花邊柳際已漸知春意歸信不知何日是舊恨欲拚無計　故人零落西東題詩待猜歸鴻惟有多情芳草年年處處相逢

醉桃源

花枝破蕾柳梢青春寒拂面輕一眉新月影三星銅荷燭燼零　低鳳扇裊霓旌珊珊環珮聲坐間誰識許飛瓊對郎仙骨清

又

風飄萬點落花飛殘紅枝上稀平蕪葉上淡煙迷那堪春鳥啼　風細細日遲遲輕紗疊雪衣多情多病嬾追隨玉人應恨伊

又　雪

晨光曉色掃簷晶寒窻蝶夢驚亂飄鴛瓦細無聲遊颺柳絲輕　書幌冷竹窻明柴門只獨扃一尊濁酒為誰傾梅花相對清

武陵春　茶

畫燭籠紗紅影亂門外紫騮嘶分破雲團月影虧雪浪皺清漪　捧盌纖纖春笋瘦乳霧泛氷甆兩袖清風拂袖飛歸去酒醒時

又　送任民望歸豐城

柏岸蒲萄江水碧柳帶挽歸艎破悶琴風繞袖涼蔌蔌楝花香　淡煙疎雨隨宜好何處不瀟湘願作雙飛老鳳皇莫學野鴛鴦

柳梢青　離別時刻不載

香肩輕拍尊前忍聽一聲將息昨夜濃歡今朝別酒明日行客　後回來則須來便去也如何去得無限離情無窮江水無邊山色

西江月

落寞寒香滿院扶疎清影侵門雪消平野晚煙昏睡起嬾匀檀粉　皎皎風前玉樹盈盈月下氷魂南枝春信夜來温便覺肌膚瘦損

又

花額上堆翠葆遠山橫處星眸絳宮深鎖莫雲浮月破黄昏時候　誰謂霞衣玉簡便孤彩鳳秦樓桃源不禁昔人遊曾是劉郎邂逅

又　陳倅席上

窄袖淺籠温玉修肴淡掃遥岑行時雲霧繞衣襟步步蓮生宫錦　菊與秋煙共晚酒隨人意俱深尊前有客動琴心醉後清狂不禁

又 箏

寶柱横雲雁影朱絃隔葉鶯聲風生玉指曉寒清官様輕黄袖冷　飲罷尚留餘意曲終自有深情歸來江上數峯青梅小横斜夜永

又 代人上許守生日

滴滴金盤露冷蕭蕭玉宇風清長庚入夢曉窓明淡月微雲耿耿　松竹五峯秋色笙歌三市歡聲華堂開宴擁娉婷天上人間共慶

又 送朱泮英

青錦纏枝佩劔紫絲絡轡飛驄　入關意氣喜生風年少胸吞雲夢　金闕日高露泣東華塵軟香紅爭看荀氏第三龍春煖桃花浪湧

又 木芙蓉

曉豔最便清露晚紅偏怯斜陽移根栽近菊花傍蜀錦
翻成新樣　坐客聯揮玉麈歌詞細琢瓊章從今故事
記溪堂歲歲攜壺共賞

又

木末誰攀新萼雪消自種前庭莫嫌開過尚盈盈似待
詩人醉咏　霜後最添妍麗風中更覺娉婷影搖溪水
一灣清粧罷曉臨鸞鏡

又

密雪未知簷白夜寒已覺香清振芳堂下月盈庭踏碎橫斜踈影　且醉盃中綠蟻休辭笛裏清聲東君催促子青青滋味要調金鼎

燕歸梁

六曲闌干翠幙垂香燼冷金猊日高花外囀黃鸝春睡覺酒醒時　草青南浦雲橫西塞錦字杳無期東風只送柳綿飛全不管寄相思

南歌子 春夜

雨洗溪光淨風掀柳帶斜畫樓朱户玉人家簾外一眉新月浸梨花　金鴨香凝袖銅荷燭映紗鳳盤宮錦小屏遮夜靜寒生春笋理琵琶

望江南

臨川好柳岸轉平沙門外澄江丞相宅壇前喬木列仙家春到滿城花　行樂處舞袖卷輕紗謾摘青梅嘗煮酒旋煎白雪試新茶明月上簷牙

又

臨川好山影碧波揺魚躍水池飛玉尺雲横石嶺拂鮫銷高樹竹蕭蕭　寒食近湖水緑平橋繁杏梢頭張錦旆垂楊陰裏擊蘭橈遊客解金貂

浪淘沙上元

料峭小桃風凝淡春容寶燈山列半天中麗服靚粧攜手處笑語匆匆　酒滴小槽紅一飲千鍾銅荷擎燭絳紗籠歸去笙歌喧院落月照簾櫳

鷓鴣天

桐葉成陰拂畫簷清風涼處捲疎簾紅綃舞袖縈腰柳碧玉眉峰媚臉蓮　愁滿眼水連天香牋小字倩誰傳梅黄楚岸垂垂雨草碧吴江淡淡烟

又

金節平分院落涼黄昏簾幙卷西廂冰輪碾破粼粼碧玉斧修成練練光　低照户巧侵牀錦袍起舞謫仙狂鵲飛影裏餅籌亂桂子風前笑語香

又

紅暈香腮粉未勻梳粧閒淡穩精神誰知碧嶂清溪畔
也有姚家一朶春　眉黛淺為誰顰莫將心事付朝雲
坐中有客腸應斷忘了酴醾架下人

又

水闊天低雁字橫小春時節晚寒清梅梢月上紛紛白
竹塢風來冉冉輕　人似玉酒如澠入關意氣喜風生
坐中有客聯鑣去誰唱陽關第四聲

玉樓春寒食

弄晴數點梨稍雨門外畫橋寒食路杜鵑飛破草閒烟
蛺蝶惹殘花底霧　東君著意憐樊素一段韶華天付
與粧成不管露桃嗔舞罷從教風柳妬

又　王守生日

横塘暈淺琉璃瑩綠葉陰濃庭院静櫻桃熟後麥秋
涼芍藥開時槐夏永　蓬萊閣下紅塵境青羽扇底摇
鳳影庭前玉樹一枝春香霧和烟新月冷

又

個中懷抱誰排遣惻惻輕寒風剪剪細香梅蕊晚香濃
爭似柳梢春色淺 嬌咙道字歌聲軟醉後微渦回笑
靨更無卓氏白頭吟只有盧郎年少恨

又 王守生日

青錢點水圓荷緑解籜新篁森嫩玉輕風冉冉楝花
香小雨絲絲梅子熟 華堂燭燼零金粟人在洞天三
十六昭華吹徹管聲寒聲入壽觴紅浪蹙

鵲橋仙

蝶飛烟草鶯啼雲樹滿院垂楊陰緑輕風飄散杏梢紅更吹皺池波如縠　珠簾日晩銀屏人散樓上醉橫霜竹一春若道不相思縁底事紅綃褪玉

虞美人

碧梧翠竹交加影角簟紗幮冷踈雲淡月媚橫塘一陣荷花風起隔簾香　雁橫天末無消息水闊吳山碧剌桐花上蝶翩翩唯有夜深清夢到郎邊

又

角聲吹散梅梢雪，踈影黄昏月落英點點 拂闌干風送
清香滿院作輕寒 花甕羯鼓催行酒紅袖摻摻手曲
聲未徹寶盃空飲罷香熏翠被錦屏中

又

風前玉樹瑲金韵碧落佳期近踈雲影裏鵲橋低簷外
一彎新月印修眉 星河漸曉銅壺噎又是經年別此
情莫與玉人知引起舊家離恨淚珠垂

南鄉子 美人

淺色染春衣衣上雙雙小雁飛袖卷藕絲寒玉瘦彈棊

贏得尊前酒一卮　氷雪拂臙脂絳蠟香融落日西唱

徹陽關人欲去依依醉眼橫波翠黛低

醉落魄

霜砧聲急瀟瀟疎雨梧桐徑無言獨倚闌干立簾捲黄

昏一陣西風入　年時畫閣佳賔集玉人檀板當筵執

銀瓶已斷絲繩汲莫話前歡忍對屏山泣

踏莎行春思

柳絮風輕梨花雨細春陰院落簾垂地碧溪影裏小橋橫青帘市上孤烟起　鏡約關情琴心破睡輕烟漠漠侵鴛被酒醒霞散臉邊紅夢回山蹙眉間翠

蝶戀花春景　草堂作鳳棲梧

豆蔻梢頭春色淺新試紗衣拂袖東風軟紅日三竿簾幙卷畫樓影裏雙飛燕　攏鬢步摇青玉碾缺樣花枝葉葉蜂兒顫獨倚闌干凝遠望一川烟草平如剪

臨江仙重九

木落江寒秋色晚颼颼吹帽風清丹楓樓外擣衣聲登高懷遠山影雁邊橫 露染宮黃庭菊淺茱萸烟拂紅輕尊誰整醉冠傾酒香熏臉殘日斷霞明

又

玉樹臨風賓欲散黃昏約馬嘶庭幽歡未盡有餘清瓊糜方一啜銀燭已雙擎 坐久香津生齒頰何須五斗消酲豔歌聲裏醉魂醒明年思此會旌旆想登瀛

七娘子

風剪氷花飛零亂映梅梢素影揺清淺繡幄寒輕蘭熏烟煗艷歌催得金荷卷　游梁已覺相如倦憶去年舟渡淮南岸别後銷魂冷猿寒雁角聲只送黄昏怨

漁家傲 漁父

秋水無痕清見底蓼花汀上西風起一葉小舟烟霧裏蘭棹艤柳條帶雨穿雙鯉　自歎直鈎無處使笛聲吹徹雲山翠鱠落霜刀紅縷細新酒美醉來獨枕莎衣睡

青玉案

蘆花飄雪迷洲渚送秋水連天去一葉小舟橫別浦數鴻雁兩行鷗鷺天淡瀟湘暮　蓬窗醉夢驚簫鼓回首青樓在何處柳岸風輕吹殘暑菊開青蘂葉飛紅樹江上瀟瀟雨

江神子 別情

一江秋水碧灣灣繞青山玉連環簾幙低垂人在畫圖間閒抱琵琶尋舊曲彈未了意闌珊　飛鴻數點拂雲端倚闌看楚天寒擬倩東風吹夢到長安恰似梨花

春帶雨愁滿眼淚闌干

又 春思

杏花村館酒旗風水溶溶颭殘紅野渡舟横楊柳緑陰濃望斷江南山色遠人不見草連空　夕陽樓外晚烟籠粉香融淡眉峰記得年時相見畫屏中只有關山今夜月千里外素光同

千秋歲 夏景

楝花飄砌蔌蔌清香細梅雨過蘋風起情隨湘水遠夢

遶吳峰翠琴書倦鷓鴣喚起南窗睡　密意無人寄幽恨憑誰洗修竹畔疎簾裏歌餘塵拂扇舞罷風掀袂人散後一鉤淡月天如水

驀山溪 月夜

霜清木落深院簾櫳靜池面卷烟波瑩香水一奩明鏡修篁拂檻疎翠挽嬋娟山霧歛水雲收野濶江天迥紅消醉玉酒面風前醒羅幙護輕寒錦屏空金爐燼冷星横參昴梅徑月黄昏清夢覺淺眉顰窗外横斜影

欽定四庫全書

欽定四庫全書

溪堂詞

跋

時本溪堂詞卷首蝶戀花以迄禫尾望江南共六十有三闋皆小令輕倩可人中間字句舛繆無從考索既獲溪堂全集末載樂府一卷今依其章次就梓近來吳門抄本多花心動一闋其詞云風種楊花輕薄性銀燭高燒心熱香餌懸鉤魚不輕吞辜負釣兒虛設桑蠶到老絲長絆針刺眼淚流成血思量起枯枝花朶果兒難結海樣情深忍撇似夢裏相逢不勝歡悅出水雙蓮摘取

一枝可惜並頭分折猛期月滿會姮娥誰知是初生新月折翼鳥甚是于飛時節疑是贗筆不敢溷入附記以俟識者湖南毛晉識